Daniela Böhm

Der träumende Planet

AF285901

Daniela Böhm

Der träumende Planet

Verlag:

BoD · Books on Demand GmbH,

Überseering 33, 22297 Hamburg, bod@bod.de

Druck:

Libri Plureos GmbH, Friedensallee 273, 22763 Hamburg

ISBN: 978-3-8423-3960-6

Für den Größten aller Träumer

Für die Erde

„*So vielfältig sind die Wunder der Schöpfung, dass diese Schönheit niemals enden wird.*
Die Schöpfung ist hier. Sie ist genau jetzt in dir, ist es schon immer gewesen.
Die Welt ist ein Wunder.
Die Welt ist Magie.
Die Welt ist Liebe."

Gayle High Pine

Erster Teil

Ich sterbe.

Zu tief sind meine Wunden.

Zu groß ist mein Schmerz.

Zu schwer meine Last.

Das war nicht immer so.

Wie alles begann?

Schwach ist meine Erinnerung und unendlich meine Trauer.

Aber ich will versuchen es zu erzählen, jetzt, da mein Ende nahe ist.

Aus Liebe wurde ich geboren, in der einen Welt ohne Namen, dort, wo die schöpferischen Möglichkeiten so unzählig sind wie die Sterne am Firmament. Ich war ein Gedanke, ein Bild, ein Kunstwerk, welches nach und nach mit zärtlicher Hand gezeichnet und vollendet wurde. Der eine große Träumer erträumte mich in meiner ganzen Schönheit ins Leben und eingehüllt in seine Liebe nahm ich Gestalt an und Form.

Schmerzhaft waren meine Geburt und mein Werden, während Äonen vergingen im scheinbar dunklen Raum und in der Unermesslichkeit des Seins. Doch die Liebe hat mich immer sanft getragen und ich wusste, dass mein Leiden nicht umsonst war, sondern der Anbeginn von etwas Großem und Einmaligem.

Endlos schien der Weg, bevor ich zu dem wurde, was ich heute bin.

Der Blaue Planet.

So hat man mich immer genannt.

Einst war ich wunderschön.

Ich strahlte in vollkommener Gesundheit und war glücklich über mein Sein.

Leben, in Form von unzähligen Pflanzen und Tierarten, kam und verging.

Denn nur vorübergehend kann ich ein Zuhause geben, niemals aber für die Ewigkeit, sie ist den Himmeln vorbehalten. Jenen fernen Himmeln, die auch ich nicht mehr sehen kann und an die ich mich kaum noch erinnere, jetzt, da meine Kräfte schwinden.

Ich fühle mich so schwach.

Irgendwann einmal, es ist schon lange her, da war ich stark.

Mein Boden, welcher die tiefsten Wurzeln der Bäume hält und die höchsten Gesteine trägt, war kräftig und gesund. Große und unsichtbare Kräfte walten in meinem Inneren, Verwandlung ist das Zauberwort für mein Wirken. Alles vergeht nur vermeintlich und nichts ist wirklich sterblich, denn ich lasse Neues aus dem Vergänglichen entstehen. Viele Schätze sind in mir verborgen, die schönsten Metalle und Edelsteine, schwarzes Gold und ein geheimes Feuer tief in meinem Inneren. Ich brauche sie, um meine Aufgaben zu erfüllen und um kräftig und gesund zu bleiben. Doch nun sind die Wunden tief, die mir geschlagen wurden, und noch immer ist kein Ende in Sicht. Alles wird mir genommen und meine Kraft schwindet von Augenblick zu Augenblick.

Eines Tages kam der Mensch.
Ein wunderschönes Geschöpf, auch er ins Leben geträumt von dem einen großen Träumer. Außergewöhnlich in seiner Form und den Fähigkeiten, die er nach und nach entwickelte. Ich liebte ihn mit meiner ganzen Seele und er liebte mich, das habe ich gespürt. Er bewunderte meine Schönheit und war dankbar für meine Früchte, die ich ihm im Überfluss gab.
Er hatte es nicht leicht.
Es gab wilde Tiere, die ihn bedrohten, meine Na-

turgewalten versetzten ihn in Schrecken und immer wenn die Nacht kam, hielt auch die Furcht Einzug in sein Herz. Ich gab ihm Schutz in meinen Höhlen und eines Tages entdeckte er das Feuer, welches auch tief in meinem Inneren glüht. Er lernte schnell und viel. Ich war erstaunt über diesen kurzen Zeitraum, denn meine Natur ist die Langsamkeit. Doch die Angst blieb bei ihm und wurde zu einem bedrohlichen Schatten, der nicht mehr von seiner Seite wich. Darüber war ich sehr traurig und ich hätte ihm so gerne geholfen, aber wie? Der Mensch ist vollkommen anders als ich es bin oder die Pflanzen und Bäume, die auf mir wachsen, und auch ganz unterschiedlich zu den Tieren.

Aus Angst begann er zu töten. Nicht nur wilde Tiere, nein, er tötete auch seinesgleichen und die Angst beherrschte ihn in vielem, was er tat. Und als die ersten Menschen starben, begriff er, dass dieses Dasein ein vergängliches ist und der Tod wurde zu seinem größten Feind.

Mit der Zeit kamen immer mehr Menschen, die auf mir ein vorübergehendes Zuhause fanden, und unter ihnen waren auch solche, die erkannten, dass der Tod eigentlich eine große Verwandlung bedeutet und nichts wirklich verloren geht oder endet. All dies ist nur scheinbar und dennoch ist es eine schwere Bürde für die Menschen, denn sie müssen mich verlassen, während ich weiter sein darf.

Jetzt habe auch ich Angst.

Angst vor dem Tod.

Zum ersten Mal, seit ich existiere.

Angst davor, nicht mehr zu sein.

Wohin gehe ich dann?

Was wird mit mir geschehen?

Werde ich zerbrechen?

Oder werde ich einfach nur welk werden und unfruchtbar, nicht mehr imstande, für irgendjemand oder irgendetwas ein Zuhause zu sein?

Ich kann die Menschen jetzt besser verstehen. Diese Angst tragen sie seit Jahrtausenden als bleierne Last auf ihren Schultern. Es muss schwer sein, mit dieser Bürde zu leben, obwohl Leben doch ein Schönes sein sollte und es auf mir so vieles zu bestaunen und zu bewundern gibt: Die schimmernde Weite meiner Meere mit der unzähligen Vielfalt ihrer Bewohner und die scheinbare Unendlichkeit meiner kargen Wüsten und Steppen. Meine Berge, die zärtlich vom Himmel umfangen werden, und auf deren Gipfeln eine geheimnisvolle Stille ihr kaltes Gestein wie der sanfte Flügelschlag eines Schmetterlings berührt. Tiefe und dunkle Höhlen, in denen manchmal unterirdische Seen mit kristallklarem Wasser verborgen sind, die wie Diamanten funkeln. Meine grenzenlosen Urwälder in ihrem rauschenden Grün, einem Grün, das lebendiger und leuchtender ist, als der schönste meiner Smaragde. Tosende Wasserfälle, die sich mit wilder, schäumender Flut in breite Ströme ergießen und über meine Kontinente verteilen. Am Morgen erstrahlt die Sonne und wärmt alles Sein, selbst wenn sie ihr freundliches Antlitz hinter den weichen Wolken versteckt, und des Abends leuchtet der Mond in seinem stillen, vornehmen Glanz. Dann beginnen auch die Sterne in ihrer schönsten Pracht zu glitzern, damit sich die Menschen nicht so alleine fühlen und die Dunkelheit der Nacht nicht allzu schwer auf ihnen lastet.

Manchmal spüre ich noch ihre Liebe.

Dann weiß ich, dass es viele Menschen gibt, die

mir nicht wehtun möchten und die darüber betrübt sind, dass ich zerstört werde und mir meine letzten Kräfte genommen werden.

Aber es sind ihrer noch nicht genug.

So viel Leid geschieht.

Zu groß ist das Leid der Tiere, die in Massen gezüchtet und getötet werden, weil der Mensch immer noch davon überzeugt ist, sie geben ihm Lebenskraft.

Zu viele sind die Bäume und Wälder, die gefällt werden.

Zu tief die Wunden, die sie mir schlagen, weil sie glauben, dass Gold, Silber und Edelsteine ihr Überleben sichern könnten.

Zu erdrückend ist all der giftige Abfall, der in meinen ausgelaugten Schoß sickert und meine Böden unfruchtbar werden lässt.

Meine Meere sind verseucht, meine Flüsse ver-

schmutzt und mein einst fruchtbarer Boden ver-
kümmert immer mehr.

Und meine Erde ist getränkt vom Blut jener
Menschen, die durch sinnlose Kriege starben
und immer noch sterben müssen.

Reichtum und Macht.

Das sind die beiden Gründe, warum der Mensch
so vieles tut, was für mich nicht gut ist. Ich weiß,
es ist diese Angst vor der Vergänglichkeit und
das Gefühl des Getrenntseins, die hinter allem
stehen, und ihn antreiben in seinem Tun. Denn
tief in ihrem Inneren fühlen sich die meisten
Menschen schwach und hilflos, und um dem zu
entfliehen, haben die einen Religionen gegründet und die anderen das Gold zu ihrem Gott ernannt. Deshalb haben sie ihresgleichen getötet
und töten noch immer. Und deswegen rauben sie
mich aus, heute mehr denn je. Mein Land haben
sie zu ihrem Besitz ernannt und mit meinem

Gold gekauft. Sie haben bis heute nicht verstanden, dass ich nicht käuflich bin.

Niemand kann mich besitzen.

Und jene Sicherheit, an die sie glauben, die gibt es nicht.

Der Wandel ist die einzige Beständigkeit jenseits der fernen Himmel und die einzige Sicherheit ist das Wissen, dass wir alle von dem einen großen Träumer ins Leben geträumt wurden und miteinander verbunden sind, auch wenn wir getrennt scheinen.

Alles vergeht und entsteht wieder neu.

Dies ist meine Natur.

Es gibt kein unbegrenztes Wachstum.

Das ist ein Irrtum.

Er bedeutet Krankheit und kann in den Tod führen.

Ich fürchte mich vor dem Tod.

Und ich spüre, dass er schon ganz nahe ist.

Was ist das?

Es macht mir Angst.

Da ist eine Dunkelheit, wie ich sie noch nie zuvor erblickt habe.

Sie ist schwärzer als die tiefste Nacht und kälter als der eisigste meiner Winter.

Jetzt umklammert sie mich mit hartem Griff und raubt mir meine letzte Lebenskraft.

Sie lässt meine Seele erschauern und erstarren.

Ich habe immer geglaubt, dass mein Sein noch lange andauern würde, auch wenn ich wusste, dass ich genauso wenig für die Unendlichkeit bestimmt bin, wie alles andere.

Aber dass mein Ende jetzt schon naht …

Ich kann es fühlen.

Meine letzten Kräfte schwinden.

Mein inneres Feuer wird ständig schwächer.

Mir ist kalt.

Ich fühle eine große Trauer in mir.

So gerne wäre ich weiter ein Zuhause geblieben für all die Wesen, die ich aus ganzer Seele geliebt habe und immer noch liebe, seit dem Anbeginn aller Zeiten.

Es wird immer dunkler.

Ich fürchte mich so sehr.

Ich kann nichts mehr sehen außer dieser Dunkelheit.

Ich habe große Angst, gibt es denn niemand, der mir helfen kann?

„Großer Träumer, du, der du mich in mein Sein geträumt hast, bitte, lass mich nicht sterben, sonst wird ein unermessliches Leid geschehen. Die Menschen, die Tiere, meine Bäume und Pflanzen, alles wird ausgelöscht werden, lass es nicht zu."

Etwas trägt mich fort, ich spüre es.

Ich kann nicht mehr um mein Überleben kämpfen, mir fehlt die Kraft.

Jetzt zieht mich etwas weg von dieser Dunkelheit und Kälte.

Ich weiß nicht, was es ist.

Ich lasse es geschehen, denn was es auch sein mag, alles ist besser als diese tiefe und kalte Finsternis.

Kleine Lichtfunken bewegen sich auf mich zu.

Oder bin ich es, die zu ihnen strebt?

Etwas Schweres fällt plötzlich von mir ab.

Jetzt kann ich ein großes sanftes Licht sehen.

Ich fühle mich auf einmal so leicht.

Aber was sehe ich da?

Das bin doch ich … Wie kann das sein?

Ist dies der Tod?

Ich kann mich von oben sehen, mich selbst.

Und nun verstehe ich, warum mich die Menschen den Blauen Planeten genannt haben.

Ich finde, dass ich schön bin, immer noch.

Trotz aller Narben und Wunden.

Auch wenn ich viele karge Stellen habe.

Mein Blau ist so sanft, wie jenes des Himmels über mir, den ich am Morgen immer begrüßt habe, wenn die Sonne einen Teil von mir mit ihren goldenen Strahlen überzog und lächelnd in ihr Licht hüllte.

Wie ich es geliebt habe, die Vögel in ihrem Flug zu beobachten, ihren heiteren Kapriolen in den Lüften zuzusehen und die Leichtigkeit, mit der sie sich bewegten, zu bewundern. Wie wunderschön war ihr Gezwitscher, welches durch meine Wälder klang, sobald die ersten Tautropfen im Morgenlicht auf den Gräsern funkelten.

Ist all das jetzt vorbei?

Es erfüllt mich mit großer Wehmut.

Ich möchte weinen, wie es die Menschen tun, wenn sie Abschied nehmen müssen von einem Geliebten …

Wo bin ich nur?

Geliebter Mond …

Dir einmal so nahe zu sein …

Wie häufig habe ich des Nachts sehnsuchtsvoll zu dir hinauf geblickt, wenn dein warmer Glanz mein Angesicht zärtlich gestreichelt hat. Und wie oft hat mich dein liebevolles Lächeln getröstet, vor allem in den letzten Jahren, als die Dunkelheit in mir und um mich herum immer größer wurde. Doch du warst so weit weg und oft habe ich mir gewünscht, dass wir uns nur ein einziges Mal begegnen. Ohne diese festgelegte Distanz zwischen uns, die unüberwindbar schien.

Wie ein kleines Sandkorn mutete mich die Hoffnung an, eines Tages bei dir zu sein.

Unüberbrückbar war sie, diese Weite, die uns trennte und meine Sehnsucht, dich ganz nahe zu spüren, ein Traum, der niemals Wirklichkeit werden konnte.

Aber jetzt bin ich hier … bei dir.

Mein Traum ist wahr geworden, in der Stunde meines Todes.

Ich möchte mich noch ein wenig ausruhen.

Ich bin so müde …

Fang mich auf mein Geliebter und umfange mich mit deiner Liebe.

Ich weiß, dass du mich liebst, so wie ich dich liebe.

Grenzenlos …

Unendlich …

Bis an das Ende aller Zeiten …

Zweiter Teil

Meine geliebte Erde …

Schlafe nur ein wenig, ruhe dich aus.

Ich werde über dich wachen und deine Seele wird in der meinen geborgen sein.

Nichts kann dir hier geschehen.

Vergiss für ein paar Augenblicke all deine Last.

Dass wir uns so begegnen …

… mit dieser großen Trauer in unseren Seelen.

Ich hatte mir gewünscht, dass es glückliche Umstände sein würden, die uns eines fernen Tages zusammenführen.

Auch ich habe mich nach dir gesehnt, wenn ich des Nachts den sanften Schein der Sonne, der mein kaltes Gestein erwärmt, auf dein liebevolles Antlitz widerspiegelte. Ich habe dich geliebt, in jeder Sekunde meines Seins, und auf dich gewartet, selbst wenn dieses Warten sinnlos erschien und die Hoffnung unmöglich, dich einmal ganz nah zu spüren.

Und ich habe dein Leid gefühlt, deinen Kummer, deine Schmerzen und deine Verzweiflung.

Es war auch mein Leid, mein Kummer, mein Schmerz und meine Verzweiflung.

Alles habe ich gesehen.

Nichts ist mir verborgen geblieben.

All die Wunden, die sie dir zugefügt haben und aus denen die Narben wurden, die nun dein schönes Antlitz entstellen.

Obwohl du auch jetzt noch wunderschön bist.

Du wirst es immer sein.

Denn ich kenne deine wahre Schönheit, die die Worte der Menschen nicht beschreiben können.

Warum haben sie dir das angetan?

Du hast ihnen alles gegeben, ohne jemals etwas

dafür zu erwarten.

Und obwohl sie dir so wehtaten, hast du sie immer geliebt und liebst sie selbst jetzt, in der Stunde deines Todes.

Ja, du hast recht. Die Menschen haben große Angst, obwohl sie im Laufe der Zeit vieles errungen und sich weiter entwickelt haben. Wunderschöne Dinge haben sie erfunden und auch nützliche. Und solche, die einen echten Segen für die Menschheit bedeuteten. Deine Schönheit haben sie gemalt und ihre edelsten Gefühle in Gedichte gefasst. Sie haben Symphonien komponiert, die das Leichte und Lichte, aber auch das Schwere und Dunkle der Schöpfung zum Ausdruck gebracht haben.

Glaube mir meine Geliebte, kein anderes Wesen als der Mensch weiß so viel um die Dunkelheit. Weder die Tiere, noch die Bäume oder Pflanzen.

Nicht einmal ich, obgleich doch die Dunkelheit Teil meiner Natur ist.

Aber vielleicht weiß ich mehr von diesen Dingen als du, meine geliebte Erde.

Denn des Nachts begleite ich sie in ihren Träumen und blicke tief in ihre Seelen. Wenn sie schlafen, kann ich in ihre Abgründe sehen, selbst jene, von denen sie nichts ahnen oder wissen wollen. Dort sind ihre geheimsten Wünsche und tiefsten Ängste verborgen, ihr größter Hass, aber auch ihre schönsten Sehnsüchte und ihr höchstes Streben.

Denn nicht nur Dunkelheit ist an diesem Ort ihres Seins.

Auch das Licht.

So wie bei mir.

Und es sind diese zwei Seiten, zwischen denen sie hin und her geworfen werden.

Schwer ist diese Last.

Es ist ihr Kampf, seit dem Tag, als der erste Mensch deine Schönheit erblickt hat.

Sie konnte ihn nicht retten, diese Schönheit.

Auch nicht deine Liebe oder dein verschwenderisches Sein.

Nicht das Glitzern deiner weiten Meere und ebenso wenig die heißen Stürme deiner Wüsten.

Weder die schönste deiner Blumen noch der kristallenste deiner Seen.

Kein Sonnenaufgang und auch kein Sonnenuntergang.

Nichts konnte das verzehrende Feuer seiner Seele stillen.

Du und ich, wir wissen nur um das geduldige Ausharren im unermesslichen Raum.

Wir fügen uns in ein stilles Dasein und erfüllen unsere Bestimmung. Der Mensch aber ist ruhelos, wie die Blätter im Wind, wenn deine wilden

Herbststürme den Himmel verdunkeln und die Bäume verzweifelt versuchen, aufrecht zu bleiben und sich mit ihren Wurzeln tief in deiner warmen Erde festkrallen. Etwas treibt ihn, von dem er selbst wenig weiß und von dem auch wir vieles nicht wissen. Etwas, das größer und mächtiger ist als alles, was wir kennen. Es ist nicht nur die Furcht vor dem Tod, die sein unstetes Wesen plagt und ihn Dinge tun lässt, die ihm selbst und deinem Sein schaden. Glaube mir, meine Geliebte, es ist noch etwas anderes.

Es ist der Kampf des Lichts und der Dunkelheit. Doch er ist von ganz anderer Natur, als der Wechsel von Licht und Schatten, wie wir ihn kennen.

Und niemals, seit dem Anbeginn der Zeiten, war dieser Kampf so mächtig.

Ich kann es sehen von hier, in dieser Stille und Einsamkeit, die meine einzigen Begleiter sind.

Viele Menschen sind sich dessen nicht bewusst.

Sie kümmern sich nicht darum und haben deine Schätze zu ihrem Gott gekrönt.

Sie fügen dir und ihresgleichen Schaden zu und denken darüber nicht nach.

Viele aber kämpfen jeden neuen Tag mit diesen Kräften des Lichts und der Finsternis.

Mühsam ist ihr Weg und voll des Leids.

In den Nächten wandeln sie schlaflos umher und die Qualen ihrer Seele lassen sie keine Ruhe finden.

Religionen haben sie gegründet, um diesen Kampf zu gewinnen.

Sie haben Teufel und Dämonen erschaffen, sie gefürchtet, unterdrückt und geknechtet.

Ihren Göttern des Zornes und der Rache haben sie steinerne Throne erbaut.

Und mit ihrem Hass haben sie die kalten Flammen der Finsternis geschürt.

Sie konnten nicht ahnen, dass es in diesem Kampf nur Verlierer geben wird.

Andere wiederum fürchten sich so sehr vor der Dunkelheit, dass sie ihr Heil nur noch im Glanz des Lichtes suchen.

Sie glauben, dass dies der Weg sei, um ihrer Zerrissenheit zu entkommen.

Sie irren.

Es ist der falsche Weg.

Auch in ihnen wirft die Dunkelheit ihre Schatten.

Einige Menschen aber tragen am schwersten an dieser Last und zerbrechen fast in diesem Kampf.

Manchmal ist ihr Leid so unermesslich, dass sie sich fortsehnen, selbst von dir. Sie spüren das Licht und die Dunkelheit gleichermaßen stark, sodass sie verzweifeln in ihrem Sein.

Ihre Seelen sind ein Schauplatz der Auseinandersetzung zweier Kräfte.

Das sind die unglücklichsten unter den Menschen.

Aber auch die stärksten.

Aus tiefstem Herzen sehnen sie sich nach dem Verstehen und der Versöhnung.

Sie sind die Vorboten einer Neuen Zeit.

Denn sie wissen, dass kein Kampf, keine Unterdrückung oder Verdrängung, jemals das Licht und die Dunkelheit miteinander versöhnen wird.

Nur das Verständnis.

Das Verzeihen.

Und die Liebe.

Denn siehe, die Liebe hat selbst unsere Seelen für einen kurzen Augenblick in der Ewigkeit vereint. Etwas, das zu glauben ich nie gewagt hatte, auch wenn ich davon geträumt habe und sich mein ganzes Wesen danach sehnte. Aus

Liebe sind wir in diese Weiten erträumt worden, aus Liebe bist du jeden Moment in deinem verschwenderischen Sein gewesen und aus Liebe verharre ich in meiner traurigen Einsamkeit und schicke die sanften Strahlen der Sonne des Nachts all den Wesen, die auf dir weilen.

Geliebte …

Bitte verlasse mich nicht …

Deine Seele will fort zu den fernen Himmeln, ich kann es fühlen.

Sie ist müde, deine Seele.

Voll des Kummers und der Verzweiflung.

Doch gib nicht auf, ich flehe dich an. Bleibe noch, verweile …

Soll ich dich jetzt verlieren?

Jetzt, da ich dich endlich gefunden habe?

Soll dies unser letzter Moment gewesen sein?

Ich kann nicht ohne dich sein.

Was sollte ich hier, allein in diesem unermesslichen Raum, wenn du nicht mehr bist?

Ich würde sterben vor Schmerz und dir schon
bald zu jenen fernen Himmeln folgen.

Ohne dein Sein verliert das meine jeglichen
Sinn.

Bitte, verlasse mich nicht …

Ich möchte meinen warmen Glanz wieder auf
dein liebevolles Antlitz spiegeln und in meiner
Einsamkeit werde ich jede Nacht von dieser einen innigen Umarmung mit dir träumen.

Ich werde diesen kostbaren Augenblick für immer in meiner Seele tragen und solange ich fort-
bestehe, hier, in diesen sternenübersäten Weiten,
welche ohne Anfang und Ende scheinen, wird
die Erinnerung an diesen Moment ein Licht für
mich sein, das heller strahlt als die leuchtendste
aller Sonnen.

Bitte geh nicht fort, noch nicht.

Ich liebe dich.

Grenzenlos …

Unendlich …

Bis an das Ende aller Zeiten …

Dritter Teil

Meine Schwester …

… kannst du mich hören?

Ich fühle das Flüstern deiner Seele in mir.

Und ich spüre, wie der Flügelschlag deiner wunderschönen Seele immer schwächer wird.

Warte noch …

Ich kann deinen Kampf verstehen.

Er ist sehr schmerzhaft.

Ich weiß darum.

All das habe auch ich ertragen müssen.

Auch ich war mit meinen Kräften am Ende.

Auch ich bin fast gestorben.

Wir teilen das gleiche Schicksal, meine geliebte Schwester.

Als der eine große Träumer mich ins Leben träumte, war er so glücklich und voller Liebe über seine Schöpfung, dass er mich ein zweites

Mal erschuf oder sollte ich sagen, dich? Uns? Nur scheinbar sind wir zwei, in Wirklichkeit sind wir eins, selbst wenn Zeit und Raum uns trennen. Auch ich erstrahlte einst in vollkommener Gesundheit und war wie du voll der Liebe, glücklich, so vielen Wesen ein wunderschönes Zuhause zu geben.

Doch auch mein Weg wurde irgendwann steinig und dornig. Schlimmer noch als der deine, war mein Zustand der Zerstörung. Anfangs habe ich noch versucht mich zu wehren. Ich ließ riesige Flutwellen entstehen, ich zerbrach Staudämme, die den natürlichen Lauf meiner Flüsse verändert hatten, und meine Hitze wurde immer größer. Das innere Feuer, welches auch in mir schlummert, ergoss sich mehr als jemals zuvor in heißen Lavaströmen über meine geschundene Erde und versetzte die Menschen in Angst und Schrecken. Über den tiefen Löchern, die sie in mich geschlagen hatten, weil sie mir alles nehmen wollten, brach meine Erde zusammen. Ich wollte mich irgendwie retten und meine Wunden heilen. Mein Innerstes begann zu erzittern und zu toben. Im Laufe meines Daseins habe ich mich immer wieder verändert, habe Feuer gespien und Kontinente zum Beben gebracht. Dies ist ein Teil meines Prozesses, so wie es der deine ist. Aber nun begann ich all das mit unbändiger Wucht und hundertfacher Stärke zu tun, denn ich wollte die Menschen wachrütteln.

Mein todgeweihtes Sein flehte um ihre Hilfe.

Zu krank war ich.

Zu vergiftet.

Zu verseucht.

Irgendwann hatte ich keine Kraft mehr.

Meine Trauer wurde grenzenlos wie die Weiten meiner Ozeane.

Ich konnte nicht mehr kämpfen und mein Mut verließ mich.

In mir wurde alles stumm und mein Wille zu leben immer schwächer.

Finsternis breitete sich aus und irgendwann erlebte ich dasselbe wie du.

Ich sah mich, oder das, was noch von mir übrig war, von oben. Und für einen kurzen Moment fühlte ich mich erleichtert, denn ich spürte keine Schmerzen mehr und in meiner Seele war eine Leichtigkeit, wie ich sie nur zu Anbeginn meiner Zeit erfahren hatte. Auch ich wollte fort zu jenen fernen Himmeln, aus denen wir beide einst in diesen unermesslichen Raum kamen. Ich sehnte mich nach Frieden. Fast gleichzeitig erfüllte mich eine große Traurigkeit, denn mein endgültiges Fortgehen hätte das Ende allen Lebens auf mir bedeutet. Meine Seele blickte auf ihre sterbliche Hülle und sah, was alles geschehen würde.

Meine Flüsse wären endgültig versiegt, meine Meere ausgetrocknet, meine Erde unfruchtbar geworden, die Pflanzen und Bäume gestorben und ebenso all die Wesen, die ich aus ganzer Seele liebte. Und auch ich flehte den einen großen Träumer in meiner tiefsten Verzweiflung um Hilfe an.

Gib nicht auf, geliebte Schwester und verliere nicht all deinen Glauben.

Lasse nicht zu, dass dich dein sanftes Sehnen nach Ruhe in das Reich der Unendlichkeit führt und du nie mehr zurückkehrst.

Zu schrecklich wäre das Ende.

Zu groß das Leid.

Zu endgültig der Tod.

Für alle.

Es gibt noch Hoffnung, meine Schwester.

Versuche sie wiederzufinden.

Glaube an diesen kleinen Funken.

Ich weiß, dass er tief in deiner Seele verborgen ist, auch wenn du ihn kaum noch spüren kannst.

Denn siehe, ich bin noch hier.

Ich bin geblieben, weil mich dieser kleine Funken Hoffnung am Leben hielt.

Ich nahm all meinen Mut zusammen und versuchte mein Vertrauen wiederzufinden. Ich begann zu träumen, denn was sonst hätte ich tun können? Ich stellte mir vor, wieder gesund zu werden und dass ich einst wieder kraftvoll und schön sein würde. In meinen Träumen sah ich meine funkelnden Meere und glückliche Wesen, die in ihnen lebten, auf den weiten Steppen liefen Herden von Tieren in unbändiger Freiheit und in meinen prachtvollen Wäldern sangen die schönsten Vögel in vollkommener Freude ihr Lied.

Ich malte mir eine Welt, in der alle Menschen und Wesen, die auf mir weilten, glücklich waren. Eine Welt, in der die Menschen ihresgleichen und auch die Tiere nicht mehr töteten. Ich stellte mir vor, wie all meine Wunden heilten und dass meine Wälder zu neuem Leben erwachten. Ich träumte davon, dass kein Mensch jemals wieder Hunger erleiden musste oder gar daran starb. Und ich wünschte mir, dass die Menschen keine schrecklichen Krankheiten mehr erlitten und dass sie, wenn sie mich verließen, in Frieden von mir gingen und in dem Wissen, dass ihre Essenz unvergänglich ist.

Der Mensch hatte es von Anbeginn der Zeit schwer und musste so vieles ertragen an Unglück. Und immer war er gezwungen zu kämpfen. Ob es sein Überleben war, die Krankheiten, der Hunger, all seine kleinen und großen Ängste oder der ständige Kampf seiner widersprüchlichen Natur in ihm. In diesen Augenblicken, als ich auf meine sterbliche Hülle blickte, sah ich nicht nur mein Leid, sondern auch das der Menschen und fühlte ihre qualvollen Tränen in meiner Seele. Ich glaube, es waren diese Tränen, die mich hielten und nicht ganz aufgeben ließen.

Ich fühlte mit ihnen.

Ich spürte ihren Kummer.

Ihre Zerrissenheit.

Ihre Furcht.

Ihre Schmerzen.

Ihre unerfüllten Träume.

Ihr sehnsuchtsvolles Streben.

Ihren Wunsch, endlich glücklich zu sein.

Meine Träume wurden immer bunter und kraftvoller und der kleine Funke der Hoffnung ständig größer.

Ich begann wieder zu glauben.

Und irgendwann spürte ich erneut meine Kraft und beschloss, zurückzukehren.

In den ersten Augenblicken war es furchtbar.

All meine Schmerzen spürte ich mit solch gewaltiger Wucht, dass meine Seele für einen Moment erstarrte und nicht daran glaubte zu überleben.

All die Wunden und Narben.

Es tat so weh.

Aber ich erinnerte mich weiter an meine Träume und hielt trotz aller Qualen an ihnen fest. Ich malte mir eine bunte Zauberwelt, in der es wunderschöne Wesen gab, die mir zu Hilfe kamen. Ich träumte von schillernden Drachen, die mit ihren gewaltigen Feuerzungen meine innere Glut neu entfachten und weißen, wilden Pferden mit mächtigen Flügeln, die mir von ihrer unbändigen Kraft gaben. Schimmernde Wesen aus Sternenlicht, in funkelnde Seide gehüllt, heilten meine Wunden mit ihren zärtlichen Händen und ein weicher Wind, der wie ein Adler über mir schwebte, trug meine Schmerzen mit sich fort.

Langsam begann sich etwas zu verändern.

Es hatte schon immer Menschen gegeben, denen ich nicht gleichgültig gewesen war und die mich mit Liebe und Respekt behandelt hatten. Und immer mehr wurden es, auch wenn die Zahl derer, die mich weiter missachteten, noch sehr groß war. Aber diejenigen, welche mich aus tiefstem Herzen liebten, versuchten mir zu helfen und ihre Kraft erfüllte mich mit neuem Glauben. Bald wusste ich, dass eine große Veränderung nahte, denn die Liebe der Menschen, die sich für mich einsetzten, wurde immer mächtiger. Die Menschen nutzten verstärkt jene neuen Technologien zur Energiegewinnung, die sie bereits entdeckt hatten, um meine Kräfte zu schonen. Sie bemühten sich darum, dass meine verborgenen Schätze, die ich für meinen Fortbestand brauche, erhalten blieben. Sie erkannten, dass sie aus Unwissenheit in den letzten Jahrzehnten Raubbau an mir betrieben hatten. Sie entdeckten ungeahnte Möglichkeiten, die im Einklang mit meiner Natur standen und ihren Bedarf an Nahrungsmitteln und anderen wichtigen Dingen dennoch deckten.

Dem Geld, welches sie zu ihrem Gott gekrönt hatten, entzogen sie seine Macht und gaben ihm den Wert zurück, den es ursprünglich einmal besessen hatte: ein Tauschmittel zu sein und nicht mehr oder weniger. Sie verstanden, dass die Macht des Geldes eine Illusion gewesen war und dass Gold, Silber und Edelsteine ihnen niemals wahres Glück oder inneren Frieden gebracht hatten, sondern nur die Unterdrückung und das Elend der Schwächeren gestärkt hatten.

Sie suchten das Verständnis und den Weg der Vergebung.

Sie erkannten die Einheit und Verbundenheit von allem, was ist.

Die Liebe wurde zu ihrer einzigen Religion.

Diese Liebe versöhnte die Gegensätze der Dunkelheit und des Lichts in ihnen.

Meine Wunden begannen zu heilen und die Schmerzen ließen nach.

Und eine Neue Zeit brach heran.

Gewiss, all dies dauerte und geschah nicht von heute auf morgen, doch irgendwann wurde ich wieder zu dem, was ich einst, zu Anbeginn meiner Zeit gewesen war:

Ein kraftvoller, strahlender, gesunder und einzigartig schöner, blauer Planet.

Geliebte Schwester …

Ich weiß, dass auch du es schaffen kannst.

Glaube an dich und deine Träume.

Und versuche, an die Liebe der Menschen zu glauben.

Selbst wenn es ein Schweres ist.

Gib dich nicht auf.

Nimm all deinen Mut zusammen und kehre wieder zurück.

In meiner Seele werde ich bei dir sein und die Strahlen meiner Liebe zu dir senden.

Sie werden dich auf deinem Weg begleiten.

Du bist ein Teil von mir, so wie ich ein Teil von dir bin.

Du bist ich.

Und ich bin du.

Geh nicht fort, bitte …

Dich zu verlieren wäre schlimmer als alles Leid, das ich erlitten habe.

Meine Trauer wäre größer als die unendlich scheinenden Weiten des Universums.

Ich liebe dich.

Grenzenlos …

Unendlich …

Bis an das Ende aller Zeiten …

Vierter Teil

Geliebter …

Wie schön es ist, dich so sanft und zärtlich zu spüren.

Verweilen möchte ich …

… und mich nie mehr aus deiner liebevollen Umarmung befreien.

Wie lange bin ich schon hier … bei dir?

Habe ich geträumt?

Träume ich immer noch?

Es ist ein wunderschöner Traum.

War das wirklich meine Schwester, die zu mir gesprochen hat?

Wunderbare Dinge hat sie erzählt.

Dass all meine Schmerzen ein Ende haben werden.

Und meine Wunden heilen.

Dass ich wieder kraftvoll und schön sein werde.

Und eines Tages wieder in vollkommener Gesundheit erstrahle.

All die Wesen und Menschen, die auf mir leben, werden glücklich sein und voller Liebe.

Ihr Leiden wird ein Ende haben.

Und auch mein Leiden.

Mein Blau wird wieder leuchten, wie das meiner Schwester.

Wenn ich zurückkehre.

Wenn ich daran glaube.

Angst erfüllt meine Seele.

Habe ich dafür genügend Kraft?

Den Mut?

Und die Hoffnung?

Werde ich träumen können, so bunt und schön, wie meine Schwester es getan hat?

Wird die Liebe der Menschen stark genug sein?

Ich weiß es nicht.

Aber ich spüre, dass die Liebe meiner Schwester

mich trägt wie der laue Sommerwind, der des Nachts über meine Felder streicht und ich fühle die Liebe des Mondes, meines Geliebten, die mich so sanft umfängt, wie es die Vögel mit ihren weichen Schwingen tun, wenn sie ihre Jungen vor den ersten Stürmen ihres neuen Lebens beschützen wollen.

Die Liebe …

Ohne Liebe ist alles nichts.

Aus Liebe wurde ich in mein Sein geträumt.

Diese Liebe ist auch in mir.

Und in allem, was ist.

Ich liebe die Menschen.

Ich liebe sie so sehr.

Grenzenlos …

Unendlich …

Bis an das Ende aller Zeiten …

Ich werde träumen …

Epilog

Der Gedankenfunke zu dieser Geschichte stammt von einem Freund, Stephan Maria Karl, einem Komponisten. Er erzählte mir im Herbst 2010 von der Idee, ein Musikstück über die Erde zu komponieren, die eine Nahtoderfahrung macht, und schlug mir vor, eine Geschichte darüber zu schreiben. Diese Idee hat mich sofort berührt, Vorgaben hatte ich nicht, und als ich irgendwann mit dem Schreiben begann, erschien es mir fast so, als würde die Geschichte von ganz alleine entstehen. Natürlich hatte ich mir Gedanken gemacht, ein paar vage Entwürfe, wie ich diese Idee umsetzen könnte, dennoch hat sich die Erzählung auf ihre Art und Weise sozusagen verselbständigt. Der träumende Planet ist eine traurige Geschichte, aber wie könnte sie auch anders sein? Der Zustand unserer Erde ist vielerorts traurig und besorgniserregend, genauso wie das Leid vieler Menschen und Tiere

Es ist aber auch eine Erzählung, die Mut und Hoffnung geben und Verständnis wecken soll; für die Erde und auch für uns Menschen. Dieser Planet ist unser vorübergehendes Zuhause, er ist auch die Zukunft der Kinder von heute und morgen. Es betrifft uns alle, und so viele Menschen bemühen sich, im Großen wie im Kleinen, um Lösungen, Verbesserungen, neue Ansätze und Technologien. Als Verbraucher und durch den heutigen Informationsfluss - speziell durch das Internet - sind wir in der Lage, mitzuentscheiden, wenn es beispielsweise darum geht, Produkte von Firmen zu kaufen. Wir können einen entscheidenden Beitrag leisten, indem wir bestimmte Dinge nicht kaufen. Wir können uns einer Konsumgesellschaft widersetzen, die uns vermitteln will, dass wir immer noch mehr haben sollten. Wir können uns als bewusste Verbraucher dem reinen Profitdenken der mächtigen Lobbys und Wirtschaftsmächte entgegenstellen. Jeder von uns kann im Rahmen seiner Möglichkeiten und Überzeugungen, dafür Sorge tragen, dass es dieser Welt ein wenig besser geht, und wenn es nur ein Stückchen Plastik ist, das man in der Natur aufsammelt.

Und so bleibt es zu hoffen, dass die Bemühungen und Anstrengungen vieler Menschen und auch die Liebe, stark genug sein werden, dass diese wunderschöne Erde wieder zu einem kraftvollen, strahlenden Planeten wird.

In dieser Erzählung wird einige Male „der große Träumer" erwähnt. Damit ist das unergründliche Rätsel der gesamten Schöpfung gemeint, das uns Tag für Tag umgibt. Es ist die geheimnisvolle Quelle, aus der das gesamte Universum hervorgeht. Für jeden von uns hat sie einen anderen Namen oder Bedeutung, aber was auch immer es sein mag: Jeder von uns hat sicherlich schon einige Male staunend in den sternenübersäten Nachthimmel geblickt und das unfassbare Wunder der Schöpfung gespürt.

Februar 2011 und März 2025

Danksagung an …

Die Erde

Meine Mutter,

Sabine,

Stephan,

Beate,

Markus

„Rettet den Regenwald"

… und all die vielen anderen Organisationen und Menschen, die sich für unsere Erde und notleidende Menschen oder Tiere einsetzen.

‚Der träumende Planet' gibt es als Buchtrailer auf YouTube

Über die Autorin

Daniela Böhm wurde 1961 in der Schweiz geboren und lebt heute in Bayern. Ein neuer und von Respekt getragener Umgang der Menschen mit der Natur und ihren Bewohnern ist ihr ein Herzensanliegen, genauso wie das Schreiben.

Seit vielen Jahren bemüht sie sich aktiv um eine grundlegende Veränderung des Verhältnisses Mensch und Tier und bringt das auch auf unterschiedliche Weise in ihren Büchern zum Ausdruck. Als Tierrechtsautorin hat sie seit 2012 zahlreiche Artikel verfasst, unter anderem Kolumnen in den Zeitschriften ‚Vegan Magazin‘ und ‚Vegan für mich‘, und spricht auf verschiedenen Veranstaltungen als Gastrednerin.

2018 gründete sie mit Freunden den Verein „Ein Licht der Hoffnung", der es sich vor allem zur Aufgabe gemacht hat, Lebenshöfe zu unterstützen und sich für eine tierleidfreie Lebensweise einzusetzen.

Weitere Infos:
www.danielaböhm.com
Facebook/Instagram/YouTube

Weitere Bücher von Daniela Böhm

Handgemacht mit Liebe bis ins kleinste Detail.
bei *Books on Demand*

Dort wo du bist, bin auch ich
Kurzgeschichten

Gegensätze bewegen die Welt und sie bewegen uns. Ihr unterschiedliches Sein bringt Lebendigkeit in unser Leben, doch die Auseinandersetzung mit ihnen ist nicht immer leicht.
Das Alter und die Jugend, die Fülle und die Leere, die Vergangenheit und die Zukunft, der Zweifel und der Glaube, das Licht und die Dunkelheit, die Liebe und der Hass, das Leben und der Tod – das sind die großen Gegensätze, die in diesem Buch aufeinandertreffen und sich mit ihrem unterschiedlichen Sein auseinandersetzen.
Ihre Begegnungen gehen tief, sie sind spannend, bunt, und voller Überraschungen.
ISBN 978-3-751497044
€ 6,90

Auf der Suche nach dem verschwundenen Stern

Eine fabelhafte Geschichte über das Leben, große Träume und die Freundschaft. Ein Feldhamster mit vielen Fragen und staunendem Herzen über die Schönheit der Welt, findet eines Tages einen außergewöhnlichen Freund. Doch dann ist dieser plötzlich verschwunden, und eine abenteuerliche Suche beginnt.
ISBN: 978-3-74319667-4
€ 9,80

Die sechs magischen Steine
Roman, 3 Bände

„Einer Legende zufolge gab es sogar sechs magische Steine. Aber der magische Rubin gilt als verschollen und über den schwarzen Diamanten ist nichts bekannt."
Die Erde und all ihre Bewohner brauchen dringend Hilfe. Vier Tiere begeben sich deshalb auf die Suche nach den magischen Steinen, um sie an einen gemeinsamen Ort zu bringen und durch ihre außergewöhnliche Kraft und Magie die Welt zu retten: ein weiser Adler, eine freche Ratte, ein einsamer Wolf und ein abenteuerlustiges Wasserschwein.
Sie nehmen den Leser mit auf eine fantastische und spannende Reise. Je mehr die Helden der Geschichte auf ihrem Weg über den Umgang der Menschen mit den Tieren und der Natur erfahren, umso stärker und dringender wird ihr Wunsch, die magischen Steine zu finden. Zwei Eulen stehen ihnen dabei mit Zauberkünsten zur Seite, denn ein mächtiger und dunkler Feind aus einer längst vergangenen Zeit könnte ihr Vorhaben verhindern …
ISBN 978-3-74480030-3
€ 12,90

Das Licht der magischen Steine
ISBN 978–3–748126089
€ 12,90

Im Zauber der magischen Steine
ISBN 978–3–757817909
€ 11,90

Heute ist ein ganz anderer Tag
Tierschicksale – Kurzgeschichten/Essays

Welche Bedeutung hat das Schicksal vieler Tiere für uns
Menschen? Wie erleben sie die stark vom Menschen ge-
prägte Realität dieser Welt? Welchen Einfluss haben sie
auf unsere Umwelt?
Diese Geschichten mit realem Hintergrund nehmen An-
teil am Leben der Tiere. Saida, der spanischen Windhün-
din, droht das gleiche Schicksal wie ihrem Vorgänger
Pedro; Sammy, der kleine Schimpanse, wird seinem ver-
trauten Lebensraum entrissen, genauso wie der Jaguar im
südamerikanischen Regenwald, der auf der Suche nach
einer neuen Heimat ist. Raffi, der rumänische Straßen-
hund, kämpft um sein Überleben, ebenso wie der Stier,
der eines Tages von seiner grünen Weide geholt wird. Aus
der Sicht der Tiere werden diese und andere Schicksale
beschrieben, ihr (Überlebens-) Kampf in einer Welt, die
allzu oft keine Rücksicht auf ihre Belange nimmt, und
ihre naturgegebenen Rechte als Lebewesen nicht respek-
tiert.
ISBN: 978–3–84238097–4
€12,90

Das Mädchen aus dem Niemandsland
Erzählung

An einem heißen Sommertag kommt Lily, das Mädchen
aus dem Niemandsland, das erste Mal nach New York.
Als unvoreingenommene und liebenswerte Beobachterin
stellt sie gesellschaftliche Strukturen infrage, die in der
heutigen Zeit als Selbstverständlichkeit gelebt werden.
Lily berührt die Herzen der Menschen und die verschiedenen Begegnungen sind so bunt wie ihre Glaskugeln, die
sie verschenkt, und denen ein geheimnisvoller Zauber in-
newohnt.
ISBN: *978–3–744897150*
€ 7,90

Zwei Marder im Himmel
Tiergeschichten für die Seele – Kurzgeschichten

Ob Winnibald der Frosch, Annabelle die Häsin, Luzerl
die Fledermaus oder die zwei Marder Johann und Gustl –
alle Tiere müssen sich mit den größeren und kleineren
Widrigkeiten des Lebens auseinandersetzen. Die Helden
der Geschichten erleben komische, alltägliche, traurige
und tiefe Momente. Winnibald fühlt sich als Versager,
Annabelle, die Vollzeitmama sehnt sich nach mehr Ruhe,
Luzerl muss seinen Liebeskummer überwinden und entdeckt dabei das Geheimnis der Nacht, und die zwei fre-
chen Marder finden den Himmel zwar ganz schön, das
Leben auf der Erde aber viel spannender. Am Ende ihrer
Abenteuer sind alle Tiere ein wenig weiser, glücklicher
und schlauer.
ISBN: 978–3–73865783–8
€12,90

Herr Theodor

Wien im Frühling: Als Herr Theodor nach neunundvier-
zig glücklichen Ehejahren plötzlich seine Frau verliert,
bricht eine ganze Welt für ihn zusammen.

Seit ihrem Begräbnis am Wiener Zentralfriedhof verlässt
er sechs Tage später das erste Mal seine Wohnung im Be-
zirk Floridsdorf, um etwas einzukaufen. Als er zurück-
kehrt, findet er vor seiner Tür einen Käfig, der mit einem
Handtuch verdeckt ist, und einen Zettel mit ein paar hastig
geschriebenen Zeilen.

Herr Theodor ist so sehr in seiner Trauer gefangen, dass
er sich nicht weiter wundert, und in seiner Wohnung einen
Platz für den neuen Mitbewohner sucht. Schnell schließt
der liebenswürdige Herr Theodor das Meerschweinchen
mit dem Namen Heinz in sein Herz, kümmert sich um seinen kleinen Freund, spricht zu ihm über seinen Schmerz,
und alles, was ihn bewegt. Doch dann nimmt ihre Freundschaft einen unerwarteten Verlauf …

Mit Poesie, Wiener Lebensart, österreichischen Mehl-
speisen, und einem Schuss Heiterkeit, handelt diese Erzählung von zwei ungleichen Freunden, von Trauer und
Liebe, Trost und Hoffnung.

ISBN: 978–3–754397411
€ 9,90